MAZE RUNNER

EXPEDIENTES SECRETOS

Título original: *The Maze Runner Files*
Traducción: Georgina Dritsos
Dirección de proyecto editorial: Cristina Alemany
Diección de proyecto gráfico: Trini Vergara
Dirección de arte: Paula Fernández
Colaboración editorial: Nancy Boufflet
Armado y adaptación de diseño: Marianela Acuña
Ilustraciones: Marcelo Orsi Blanco (Depeapá Contenidos)

© 2013 James Dashner
© 2014 V&R Editoras
www.vreditoras.com

Argentina: San Martín 969 10º (C1004AAS) Buenos Aires
Tel./Fax: (54-11) 5352-9444 y rotativas
e-mail: editorial@vreditoras.com

México: Av. Tamaulipas 145, Colonia Hipódromo Condesa
CP 06170 - Del. Cuauhtémoc, México D. F.
Tel./Fax: (5255) 5220-6620/6621 - 01800-543-4995
e-mail: editoras@vergarariba.com.mx

ISBN: 978-987-612-742-4

Impreso en Argentina por Latingráfica • Printed in Argentina

Noviembre de 2013

Dashner, James
Maze Runner, expedientes secretos / James Dashner; ilustrado por Marcelo Orsi Blanco. - 1a ed. - Ciudad Autónoma de Buenos Aires: V&R, 2013.
80 p.: il.; 14x21 cm.

Traducido por: Georgina Dritsos
ISBN 978-987-612-742-4

1. Narrativa Estadounidense. I. Orsi Blanco, Marcelo, ilus. II. Dritsos, Georgina, trad. III. Título
CDD 813

MAZE RUNNER

EXPEDIENTES SECRETOS

JAMES DASHNER

Ilustraciones:
Marcelo Orsi Blanco

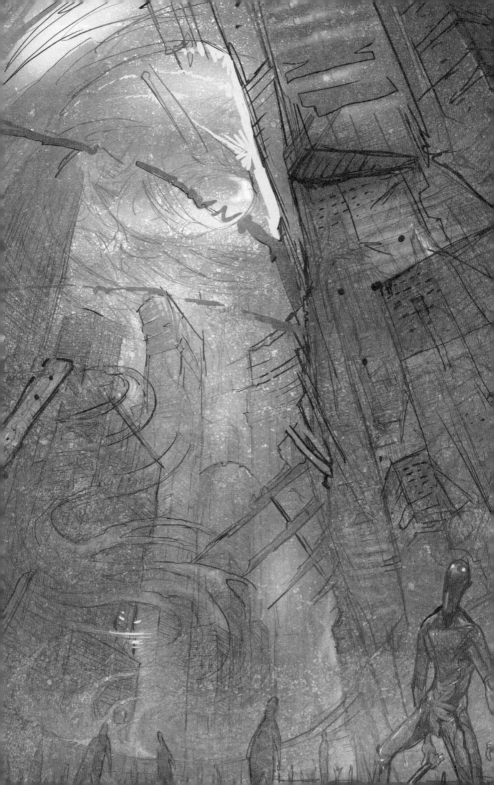

PARTE I

ARCHIVOS CONFIDENCIALES

Acabo de encontrar
este archivo.
¿Debería destruirse?

Misceláneas

CONFIDENCIAL

CRUEL MEMORÁNDUM

Fecha 220.6.24, Hora 0936
PARA: Socios
DE: Kevin Anderson, Ministro
REF: Bienvenida

Bienvenidos, colegas, al inicio del mayor esfuerzo participativo organizado en la historia de nuestro planeta.

No me atrevo a sugerir que estos son días para el entusiasmo. El mundo nunca ha conocido tiempos tan oscuros como estos. Estamos lejos de poder celebrar. Lo que quisiera declarar, sin embargo, es que podemos tener esperanza y sentir orgullo porque somos parte de un proyecto que está trabajando para salvar a la raza humana. Y para que tenga éxito, debemos comenzar con el pie derecho.

Aquellos de ustedes a cargo de los grupos de búsqueda en los designados Doce Sectores deben reportarse al Consejo cada vez que un sujeto adecuado sea descubierto. Es demasiado temprano para saber qué porcentaje de la población responde a nuestras necesidades, pero se ha hecho evidente que la cantidad será pequeña. Necesitamos probar a cada sujeto inmediatamente, así podemos elegir a los Candidatos con el mayor potencial para llegar hasta el mismísimo final. El equipo de diseño para el Laberinto estará presentándonos sus últimos planos mañana por la mañana a las 0900 horas, en el Centro de Comando 3.

Construir una estructura tan sofisticada es un proyecto ambicioso aun en la mejor época, y dado el actual estado del mundo, anticipamos que implementar la fase 1 nos llevará muchos de los próximos años. No repararemos en gastos para mantener el proyecto en marcha. Dentro de un tiempo, tendremos a nuestros Candidatos de Élite para ayudarnos en las fases finales del diseño y construcción.

La asamblea de mañana también dedicará una parte a las criaturas biotecnológicas que hemos fabricado para ayudarnos a crear y manejar la totalidad de las Variables planificadas. Nuestros psicólogos y médicos han trabajado para idear un curso de acción. Consideran que podemos lograr el sesenta por ciento de los patrones que precisamos, al poner en marcha los acontecimientos que hemos pensado hasta el momento. Calculo que llevará unos diez años hasta que el proyecto alcance su punto culminante. Opino que es una cifra increíble.

Los Miembros del Consejo planean estar en comunicación constante a lo largo de la totalidad de este proyecto, así que siéntanse libres de compartir sus ideas conmigo o con algún otro del Consejo en cualquier momento. Estoy orgulloso de ser parte de este gran esfuerzo, junto con todos ustedes.

El futuro ha comenzado.

CRUEL MEMORÁNDUM

Fecha 221.11.26, Hora 1056
PARA: Socios
DE: Kevin Anderson, Ministro
REF: Candidato de Élite

Hemos descubierto a un Candidato de lo más extraordinario. Ninguno de nosotros puede identificar el motivo por el cual él parece tan perfecto para servir como uno de nuestros Élites. Simplemente hay algo en él. Aunque es muy joven, parece tener un conocimiento sobre la realidad circundante muy por encima de su edad. Sus habilidades verbales y cognitivas están en un nivel adulto. Sin embargo, de alguna manera, todavía tiene rasgos inocentes y aniñados que le han servido para ganarse el cariño de todos los que ha conocido hasta ahora.

Las Pruebas preliminares muestran los resultados más promisorios que hemos tenido hasta el momento. Su inteligencia y capacidad de aprendizaje son inconmensurables. Tiene el potencial para habilidades físicas increíbles, que por supuesto serán vitales en el Laberinto si termina haciendo lo que nos gustaría que haga. Hemos decidido llamarlo como uno de los inventores más importantes de la historia, ya que creemos firmemente que logrará grandes cosas.

Si quisieran observar a Thomas, vayan a la habitación 31J (ubicada al lado de la de Teresa). Creo que quedarán impresionados.

CRUEL MEMORÁNDUM

Fecha 224.9.6, Hora 1108
PARA: Socios
DE: Kevin Anderson, Ministro
REF: Implantes

Uno de los elementos más delicados de nuestro proyecto está completo. Todos los dispositivos cerebrales, incluyendo el Neutralizador, los manipuladores y las herramientas telepáticas, han sido exitosamente implantados.

Estoy feliz de comunicarles que los médicos solo han reportado siete muertes durante la cirugía. Muchas menos de las que habíamos temido y anticipado.

Transcripción de los Sujetos A1 y A2, Encuentro 1

COMIENZO DE TRANSCRIPCIÓN

Thomas: Hola.

Teresa: Hola.

Thomas: ¿Por qué nos pusieron acá?

Teresa: No sé. Querían que nos conociéramos y habláramos, supongo.

Thomas: ¿Cuánto tiempo hace que vives acá?

Teresa: Desde que tenía cinco.

Thomas: ¿Entonces...?

Teresa: Entonces, cuatro años.

Thomas: ¿Solo tienes nueve?

Teresa: Sí. ¿Por qué? ¿Cuántos años tienes tú?

Thomas: Igual. Solo que pareces más grande, es todo.

Teresa: Cumpliré diez pronto. ¿Tú no has estado aquí la misma cantidad de tiempo?

Thomas: Sí.

Teresa: ¿Por qué nos mantienen a algunos de nosotros separados? Puedo escuchar a chicos gritando y riendo todo el tiempo. Y vi el gran comedor. Seguramente alimenta a cientos.

Thomas: ¿Entonces te traen comida a tu habitación a ti también?

Teresa: Tres veces al día. La mayor parte tiene gusto a baño.

Thomas: ¿Entonces sabes qué gusto tiene un baño?

Teresa: No puede ser peor que la comida que nos dan.

Thomas: Je. Tienes razón.

Teresa: Supongo que debe haber algo diferente en nosotros, ¿no lo crees?

Thomas: Es posible. Tiene que haber una razón por la cual nos mantienen solos. Pero es difícil adivinar qué es, cuando ni siquiera sabemos por qué estamos acá.

Teresa: Claro. ¿Es tu vida bastante escolar, desde que te despiertas hasta que hay que apagar las luces para dormir?

Thomas: Sí, es así.

Teresa: Viven diciéndome cuán inteligente soy.

Thomas: A mí también. Es raro.

Teresa: Creo que todo tiene que ver con la Llamarada. ¿Tus padres la tuvieron antes de que CRUEL te llevara?

Thomas: No quiero hablar de eso.

Teresa: ¿Por qué no?

Thomas: Es solo que no quiero hacerlo.

Teresa: Entonces, bien. Yo tampoco.

Thomas: ¿Por qué estamos acá, de todos modos? En serio, ¿qué se supone que estamos haciendo?

Teresa: Conversando. Siendo probados. No lo sé. Lamento que estar cerca de mí sea tan terriblemente aburrido para ti.

Thomas: ¿Eh? ¿Estás loca?

Teresa: No, no estoy loca. Es que tú no pareces muy agradable. Y casi que me gusta la idea de tener por fin un amigo.

Thomas: Perdón. A mí también me suena bastante bien.

Teresa: Tal vez ya pasamos la prueba. Quizá querían ver si nos llevábamos bien.

Thomas: Lo que sea. Dejé de adivinar sobre las cosas desde hace un largo tiempo.

Teresa: Entonces… ¿amigos?

Thomas: Amigos.

Teresa: Démonos la mano.

Thomas: OK.

Teresa: Ey, ¿a veces te duele el cerebro? Quiero decir, no como una jaqueca normal, ¿sino bien dentro de tu cabeza?

Thomas: ¿Qué? ¿Estás hablando en serio? ¡Sí!

Teresa: ¡Shh! Callado, alguien se acerca. Hablaremos sobre esto más tarde.

FIN DE TRANSCRIPCIÓN

CRUEL MEMORÁNDUM

Fecha 228.2.13, Hora 1842
PARA: Socios
DE: Kevin Anderson, Ministro
REF: Progreso Telepatía

Un rápido informe para todos aquellos no directamente involucrados en el Proyecto Silencio. De todos los elementos que debatimos durante las etapas de planeamiento, este es el que creo que todos coincidirán en que es un ganador absoluto. El potencial para resultados valiosos de los patrones, provenientes de aquellos con habilidades implantadas, es enorme. Aunque oficialmente aún no hemos comenzado a recopilar datos, ya podemos ver cuán beneficioso será el Proyecto Silencio para los estudios.

Por favor, recuerden el razonamiento que hemos acordado sobre por qué a los Élites se les ha dado este regalo especial de la comunicación; es importante en caso de que alguna vez entren en contacto directo con ellos y sean cuestionados. Estos Candidatos son, por naturaleza, muy curiosos. No solo sobre este tema en particular, sino también sobre por qué están siendo tratados de manera distinta, y en todos los aspectos, respecto de los otros sujetos. El uno al otro se han preguntado frecuentemente sobre esto, y las preguntas se han vuelto constantes ahora que pueden hablar entre ellos telepáticamente.

Si les preguntan, recuerden contestar que les ha sido dada la habilidad de hacer esto por una razón y solo una razón: para permitirles comunicación instantánea mientras nos ayudan a completar el Laberinto. La ironía es que realmente va a ayudar. Bastante. Creo que subestimamos mucho cuán fluida y eficientemente operará la estructura con trabajadores tan extraordinarios.

Es vital que estos Candidatos nunca conozcan la verdad. Una vez que nuestros sujetos sepan que hemos manipulado sus cerebros hasta tal punto, perderemos la ventaja de sus reacciones inconscientes y sinceras a las futuras Variables. Su perspectiva alterada y la inevitable sospecha no solo contaminarán los resultados en el comienzo, sino que también tornarán casi imposible implementar los experimentos estimulantes cuando empecemos a alimentar recuperaciones de memoria y cosas similares.

Esas eran las dos cuestiones sobre las cuales quería llamar vuestra atención. Primero, que la telepatía está funcionando aún mejor de lo que podríamos haber deseado; ya hemos comprobado que será muy valiosa para crear el tipo de situaciones y Variables que precisaremos a lo largo de este experimento. Y segundo, que debemos asegurarnos de que Thomas y los otros piensen que esta habilidad les ha sido dada solo para ayudarlos en sus esfuerzos de diseño y construcción.

CRUEL MEMORÁNDUM

Fecha 229.6.10, Hora 2329
PARA: Socios
DE: Kevin Anderson, Ministro
REF: Propagación de la Llamarada

Debido al aumento en la rapidez de la propagación del virus y el brote dentro de nuestras propias instalaciones, parece que deberíamos repensar el cronograma del experimento del Laberinto. Aunque sería ideal mantener nuestra línea de tiempo y análisis de cinco años, sugiero recortar dos años antes de enviar adentro a nuestros sujetos catalizadores. He hablado con Thomas, Teresa, Aris y Raquel; están de acuerdo.

No creo que podamos, al final de esta fase, recopilar todos los patrones necesarios. Esto torna casi seguro que se nos requerirá implementar la segunda fase que tentativamente planeamos. Obtendremos resultados más rápidos acelerando el cronograma, aunque el experimento será mucho más arriesgado.

Los próximos meses serán terriblemente difíciles. Estoy estableciendo tests obligatorios con los psicólogos PARA TODOS LOS SOCIOS por el resto de los días, así sabremos cuándo habremos alcanzado el punto sin retorno, en el cual se procederá al desmantelamiento. No podemos controlar la declinación de nuestras mentes, arriesgando el proyecto surgido, justamente, para detener eso.

Por favor, sean sensibles con Thomas y los otros. A pesar de su inteligencia y madurez, a veces nos olvidamos cuán jóvenes son. Necesitarán ser fuertes a fin de poder atravesar la transición para convertirse en nuestros representantes. Deberán sobrevivir con sus cimientos emocionales y psicológicos intactos, o todo el proyecto podría ser un fracaso. Debemos seguirlos bien de cerca.

En este momento es importante que no dejemos que prevalezca la desesperanza. Tenemos una oportunidad de salvar el futuro. Sean expeditivos. Sean decisivos. Separen sus emociones de las dificultades del presente y recuerden lo que hemos usado como mantra desde el mismo comienzo: *haremos lo que sea necesario para triunfar.* Lo que sea necesario.

CRUEL MEMORÁNDUM

Fecha 231.5.4, Hora 1343
PARA: Socios
DE: Kevin Anderson, Ministro
REF: Mi despedida para todos ustedes

Espero que cada uno de ustedes me perdone por hacer esto de una manera tan cobarde, mandándoles un memo, cuando debería hacerlo en persona. Sin embargo, no tengo alternativa. Los efectos de la Llamarada son desenfrenados en mis acciones, vergonzantes y desalentadores. Y nuestra decisión de no permitir la Felicidad en nuestras instalaciones significa que no puedo simular el tiempo necesario para decir adiós de una manera adecuada.

Tipear estas palabras es lo suficientemente difícil. Pero por lo menos tengo la habilidad y el tiempo de escribir y editar, en los pequeños momentos de cordura que me quedan. No sé por qué el virus me afectó tan ferozmente. Me deterioré mucho más rápido que casi todos los del grupo original. Pero no importa. He sido retirado del servicio y mi reemplazante, Ava Paige, está preparada para hacerse cargo.

Los Élites están avanzados en su entrenamiento para servir como conexiones entre nosotros y aquellos que sigan manejando CRUEL. La misma Ava admite que su propósito es casi el de una figura decorativa, con nuestros Candidatos de Élite como los verdaderos dirigentes.

Estamos y seguiremos estando en buenas manos. El trabajo noble que comenzamos casi una década atrás, será completado. Nuestros esfuerzos, y para casi todos nosotros, nuestras vidas, habrán tenido sentido como sacrificio para lograr un bien superior. Se alcanzará la cura.

Honestamente, esto es más una nota personal. Para agradecerles por su amistad, su compasión y su empatía frente a tareas tan difíciles.

Una palabra de advertencia: se pone feo al final. No luchen contra su degradación. Lo hice y ahora me arrepiento. Solo váyanse y terminen el sufrimiento. Gracias. Y adiós.

CRUEL MEMORÁNDUM

Fecha 231.5.5, Hora 0716
PARA:
DE:
REF:

Me quedan solo dos dedos.

Escribí las mentiras de mi despedida con dos dedos.

Esa es la verdad.

Nosotros somos diabólicos.

Ellos son niños.

Nosotros somos diabólicos.

Deberíamos detenernos, dejar que los Munis se queden con el mundo.

No podemos jugar a ser Dios.

No podemos hacerles esto a los chicos.

Ustedes son diabólicos, yo soy diabólico.

Mis dos dedos me lo dicen.

¿Cómo podemos mentirles a nuestros reemplazantes?

Les damos esperanzas, cuando en realidad no hay ninguna.

Todos morirán.

Pase lo que pase.

Dejen que la naturaleza gane.

CRUEL MEMORÁNDUM

Fecha 231.6.22, Hora 1137
PARA: Los Reemplazantes
DE: Thomas (Sujeto A1)
REF: La Purga

Tomo responsabilidad total por lo que tuvimos que hacer durante los últimos días.

Lo que debemos recordar es que CRUEL está vivo y más fuerte que nunca. El Laberinto está en pie y en funcionamiento, y nuestros estudios, en acción. Estamos en el camino y no podemos alejarnos de él. Todo lo que pido es que lo que hemos hecho aquí permanezca dentro de la organización y que nunca más se lo mencione. Lo que está hecho, hecho está y fue piedad. Pero ahora, cada pensamiento debe consagrarse a construir el Plano.

Ava Paige es la nueva Ministra de CRUEL, con nombramiento efectivo inmediato.

CRUEL MEMORÁNDUM

Fecha 232.1.28, Hora 0721
PARA: Mis Socios
DE: Ava Paige, Ministra
REF: Sobre Chuck

Quisiera compartir algunos rápidos pensamientos sobre la muerte de Chuck, ya que lo que se dice sobre el tema está descontrolado en el complejo. Aunque no es sorprendente, la reacción me decepciona.

Todos entendemos qué es lo que nos han pedido que hiciéramos, y todos sabíamos que esperarían que hiciéramos cosas difíciles. Pero el propósito de CRUEL es a largo plazo y todo habrá sido para nada a menos que logremos nuestro objetivo final. Mostrar pequeños gestos de piedad a lo largo del camino no beneficia a nadie.

Los psicólogos han decidido que debemos estimular a nuestros sujetos y buscar sus patrones; sus mandatos son nuestra primera preocupación. Chuck era un chico maravilloso, lleno de vida y dulce ternura. De todos nuestros sujetos, él hubiera sido el que seguramente hubiera ganado nuestra simpatía, así como la de sus compañeros. Irónicamente, esa es la misma razón por la cual lo que pasó, debía pasar. Ustedes vieron los resultados con sus propios ojos. Más importante aún y para alivianar nuestra conciencia, recuerden que Chuck no era un Candidato potencial y, casi con seguridad, hubiera encontrado una muerte mucho peor eventualmente. Si algo hicimos, fue mostrarle piedad armando un escenario que lo llevó a su asesinato.

No hay mucho más por decir. No necesito predicar sobre moral o el bien y el mal. Estamos en el modo "sobrevivir", y lo único que importa es aumentar la cantidad de vidas salvadas a largo plazo. Vayan a ver a nuestros consejeros si fuera preciso, pero después, por favor, supérenlo y manténganse en curso para la Prueba de Fuego. Las discusiones sobre este asunto deben cesar inmediatamente para mantener la moral bien alta.

CRUEL ARCHIVOS

Transcripción #34
Observaciones de Thomas mientras
entra al Área. (Los nombres han sido
protegidos.)

Psicólogo 1: Asegúrate de que los escarabajos estén en su lugar. Los chicos están por abrir las puertas de la Caja.

Asistente: Todo está listo. Creo que tenemos cualquier vista que puedas querer.

Psicólogo 1: Me sorprende cuán calmo ha estado, hasta el momento, en la Caja.

Asistente: Estaba gritando y golpeando las paredes.

Psicólogo 1: Eso no es nada comparado con lo que hemos visto. Los escaneos cerebrales de Thomas permanecieron relativamente estables todo el tiempo.

Asistente: ¿Eso significa que no obtuvimos nada relevante para los patrones?

Psicólogo 1: Todo lo contrario. Sus reacciones fueron únicas, definitivamente podremos usar lo que tenemos.

Asistente: Newt y Alby están sujetando las cuerdas. El audio está funcionando, todos los escarabajos, listos. Allá van.

Psicólogo 1: Mira el escaneo cerebral. Marca cualquier cosa inusual a la queramos volver y estudiar en detalle. Además del análisis común, claro.

Asistente: Comprendido.

Psicólogo 1: Observa la reacción de ellos hacia él. Estoy sorprendido, muy sorprendido, de que Alby esté permitiendo esto. Todavía no estoy seguro de que él fuera el adecuado para quedarse a cargo, luego de que mataran a Nick.

Asistente: Debería haber sido Newt.

Psicólogo 1: No puedo negártelo.

Asistente: Todos los síntomas de Thomas son los que se esperaban. Mucha confusión, algo de miedo. No tanto, sin embargo, como vimos en Chuck el último mes.

Psicólogo 1: Es prácticamente imposible creer que es el mismo Thomas quien ha estado liderándonos desde la purga. El Neutralizador es algo extraordinario.

Asistente: Sí.

Psicólogo 1: Los gráficos están mostrando una ráfaga de emociones ahora.

Asistente: No me sorprende.

Psicólogo 1: Y su corazón. Los escaneos cardíacos saltan hacia todas partes.

Asistente: Sin embargo, le hemos tomado bien el tiempo. Ben debería estar pasando por lo peor de la Transformación de un momento a otro.

Psicólogo 1: Sí. Y espero que nos dé una Variable.

Asistente: Oh, se está moviendo. Hacia el árbol. Coloca un escarabajo arriba, en esas ramas, ¡rápido!

Psicólogo 1: Buena idea.

Asistente: Está mostrando un cambio en los patrones ahora, casi de completa desesperación. Es interesante cómo está tratando de ocultarlo.

Psicólogo 1: Eso nos servirá para un buen análisis luego.

Asistente: Anotado.

Psicólogo 1: Alby le está dando el discurso ahora. No me puedo imaginar cuán molesto es para los Novicios que les digan que se enterarán de todo luego.

Asistente: Pero es comprensible. Están hartos de contestar las mismas preguntas una y otra vez, todos los meses.

Psicólogo 1: Mira la Cámara Z, Ben estará gritando "asesinato sangriento" en cualquier...

Asistente: Ahí lo hace.

Psicólogo 1: ¡Mira la subida en los patrones de onda de Thomas! Nota eso. Hay tanta curiosidad como miedo. Es sorprendente que estén igualmente representados.

Asistente: El grupo se está dispersando. Pareciera que lo hacen un poco más rápido con cada Novicio que mandamos.

Psicólogo 1: Espera, mira quién va a hablar con él.

Asistente: Wow. Chuck. Nunca antes lo he visto mostrando tanta iniciativa.

Psicólogo 1: Básicamente ha sido aislado por treinta días, supongo que está desesperado por un amigo.

Asistente: ¿Qué piensas de la reacción de Thomas hacia él?

Psicólogo 1: No me sorprende para nada. Fastidio, pero más fraternal que malicioso.

Asistente: Sí, sus patrones muestran algún alivio y un apaciguamiento de los altibajos de miedo.

Psicólogo 1: Definitivamente, no podría haber adivinado esto. No.

Asistente: ¿Qué quieres decir?

Psicólogo 1: Dos cosas. No creía que Chuck sería lo suficientemente valiente para hacerse amigo de un Novicio, y pensé que Thomas se sentiría demasiado… importante como para experimentar una conexión con un chico que es obviamente el último de la fila.

Asistente: Pero es evidente que están sintiendo algo mientras caminan hacia la Finca. Mira los patrones en ambos.

Psicólogo 1: Sí. Tenemos una amistad, seguro. Algo extraño, teniendo en cuenta cómo es Thomas.

Asistente: Bueno, no es la misma persona sin sus recuerdos.

Psicólogo 1: Lo cual, como ya he dicho, nunca deja de sorprenderme.

Asistente: Ahí van hacia el interior. Cambio de cámaras.

Psicólogo 1: Esto me está dando una idea para más adelante.

Asistente: ¿Qué tienes en mente?

Psicólogo 1: La situación de la que hemos hablado antes. Para uno de los patrones imprecisos.

Asistente: ¿Cuál?

Psicólogo 1: Alguien sacrificando su vida para salvar a otro. El impacto que tendría en el sobreviviente.

Asistente: Quieres decir…

Psicólogo 1: Es demasiado pronto para decir nada. Pero si esto continúa, quizá.

Asistente: ¿Por qué estás sintiendo esto solo con respecto a Chuck?

Psicólogo 1: Porque es muy joven. E inocente. Necesitaríamos a alguien así para crear el patrón extremo que querríamos.

Asistente: Qué pensamiento tan interesante...

Psicólogo 1: Tracemos un plan para ello. Así estará listo en caso de que decidamos presentárselo al Comité.

Asistente: OK. Lo haremos.

Psicólogo 1: Idealmente, debería ocurrir cuando traten de escapar.

Asistente: ¿Cuándo?

Psicólogo 1: Sí. No tengo duda sobre qué harán estos chicos cuando sacudamos un poco las cosas y subamos la apuesta. Ninguna duda.

Asistente: Prepararé el plan.

Psicólogo 1: Mira los patrones de Gally. Está aterrado ante Thomas. Inclúyelo en tu plan.

Asistente: Perfecto.

(Fin transcripción)

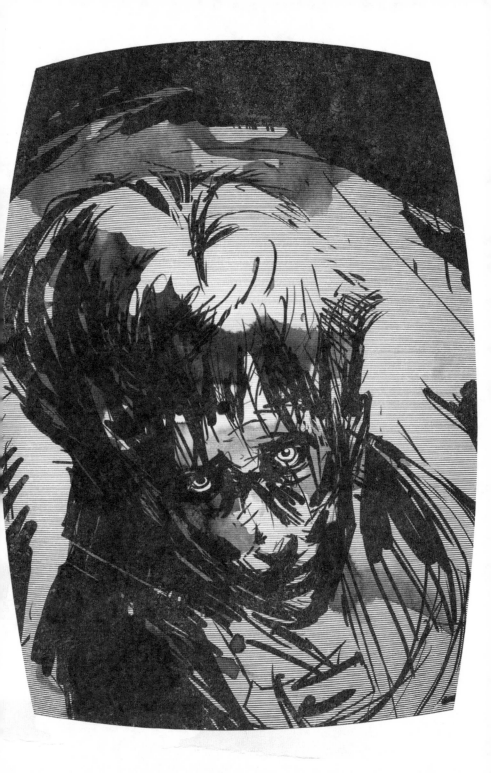

Thomas
Fase 3 Prueba
Diario de Observación Diaria

Día 1: Thomas está, comprensiblemente, consternado. La interacción con Teresa ha tenido un gran efecto en sus monitoreos. Y fue más notable aún cuando la instruimos para que le mintiera diciéndole que había sido puesto en aislamiento durante una semana.

• Variable significativa: Brenda hackeó el sistema y logró comunicar una advertencia. Parece haber generado alguna actividad que no habíamos anticipado. Ver la recopilación de datos para analizar.

Día 2: Thomas caminó por el cuarto mañana y tarde, gritando a las cuatro esquinas de la habitación. Se rehusó a comer y pasó casi una hora tratando de derribar la puerta. Estamos seguros de que no sabe que hay cámaras.

Día 3: Thomas estuvo callado hoy. Comió normalmente y se ejercitó. Permaneció en silencio todas las horas que estuvo despierto.

Día 4: Los monitoreos han alcanzado su grado más bajo desde que Thomas ingresó a la Prueba del Laberinto. La tendencia arrolladora en sus patrones de la zona letal se inclinan hacia la resistencia. Sabe que está siendo probado, eso está claro.

Día 5: Thomas tuvo una pequeña crisis nerviosa. Golpeó sus puños en la puerta durante media hora. Los escaneos sufrieron subas y sus pulsaciones se fueron hasta el techo. Durmió por el resto de la tarde y caminó irregularmente durante la noche.

Día 6: Thomas está mostrando una gran habilidad para registrar el ciclo del día y de la noche y ha ajustado sus ritmos de despertar y dormir de manera acorde. Sus lecturas de la zona letal estuvieron calmas hoy, y continuó con lo que parece ser una rutina de ejercicios. Marchó por el cuarto a un paso parejo. Comió sus alimentos. Sin estallidos.

Día 7: Igual que ayer con una diferencia: Thomas se paró enfrente de la puerta a cada hora y pidió bañarse o darse una ducha. Ha empezado a olerse a sí mismo obsesivamente y muestra constantes expresiones de disgusto.

Día 8: El sujeto retomó su rutina de ejercicios, comiendo los alimentos que se le envían y marchando. Ha empezado a sentarse enfrente de la puerta y la mira como si estuviera paralizado, o en un estado de meditación.

Día 9: Sin cambios.

Día 10: Sin cambios.

Día 11: Sin cambios.

Día 12: El estado de suciedad de Thomas se ha vuelto visible. Sigue ejercitándose aunque exacerba el problema. Devora cada comida con apetito, a pesar de la falta de variedad.

Día 13: Sin cambios.

Día 14: Sin cambios.

Día 15: Thomas tuvo un gran ataque de nervios. Gritó y golpeó las paredes y la puerta con fuerza. Esto duró una hora y terminó con un ataque de llanto. Al concluir, se acurrucó en una esquina y durmió catorce horas seguidas.

Día 16: Comió solo una de las comidas enviadas. Ningún ejercicio. Golpeó fuertemente la puerta otra vez.

Durmió mucho. Ha empezado a tener alucinaciones, como si estuviera enfermo.

Día 17: Sin cambios.

Día 18: Comió dos comidas, pero su comportamiento todavía es errático. La conducta de Thomas es perturbadora. Su cara parece haber perdido la expresión usualmente descripta como que transmite "fe" y/o "vida". Falta una semana para que sea liberado.

Día 19: Signos de mejora. Devoró las tres comidas enviadas, retomó su rutina de ejercicios.

Día 20: La piel de Thomas tiene más color y parece estar más vivaz. Es como si sintiera que el final de la Prueba está cerca.

Día 21: Continúa mejorando, más vigor en su ejercicio. Come despacio, como si estuviera disfrutando las comidas. Se sienta durante horas y horas y horas, mirando la puerta, parece que estuviera planeando algo o recordando.

Día 22: Sin cambios. En un momento que miró hacia la puerta, sonrió.

Día 23: Sin cambios.

Día 24: Sin cambios.

Día 25: Sin cambios.

El Comité ha llegado a una conclusión. Thomas es el Candidato Final. Se están realizando los preparativos para liberarlo y juntar a los otros sujetos. Una vez que el Neutralizador sea eliminado, todo será explicado y puesto en marcha. Completar el Plano parece ser inevitable.

PARTE II

CORRESPONDENCIA RECUPERADA

A quien corresponda:

Hemos podido recuperar el siguiente material de los discos rígidos de varias computadoras encontradas en los restos de un edificio. Creemos que este edificio era la sede de IMIEI, Instituto Militar de Investigación de Enfermedades Infecciosas.

Esta información es alarmante. Por favor proceder con cautela.

A TODOS LOS SOBREVIVIENTES DE LAS LLAMARADAS SOLARES

Por la presente, el Frente Único de Esfuerzos para Gestionar Opciones, de aquí en adelante conocido como FUEGO, convoca a todos los municipios, departamentos policiales, servicios sociales y cualquier entidad gubernamental sobreviviente, a ayudar. Ya que casi todos los medios de comunicación se han vuelto inútiles, este volante está siendo distribuido en todos los rincones del mundo utilizando diversas vías, mediante Netblock, Berg, avión, barco, auto y caballo.

Hasta el momento FUEGO está compuesto por representantes de la Alianza Norteamericana, Rusia, la Unión Europea, los Estados Unidos de África y México, todos países que han sufrido daños catastróficos por las llamaradas solares. Esperamos convocar a más representantes alrededor del mundo lo más pronto posible.

Nuestro planeta ha sido devastado por este desastre. Pero ahora es el momento de unirnos para hacer lo que siempre hemos hecho: sobrevivir.

La primera tarea de FUEGO es juntar a los líderes del mundo y recopilar información. Luego organizaremos unidades de gobierno y fuerzas policiales, y pondremos en marcha planes de coordinación para la obtención y distribución de alimentos y refugios.

Si lee este mensaje, por favor busque la manera de comunicarse con los Cuarteles de FUEGO en Anchorage, Alaska.

COALICIÓN POST CATÁSTROFE
MEMORÁNDUM

Fecha 217.11.28, Hora 2146
PARA: Todos los miembros del Consejo
De: Ministro John Michael
REF: Preocupación por la población

El informe que nos fue presentado el día de hoy, cuyas copias se enviaron a todos los miembros de la Coalición, no deja la menor duda con respecto a los problemas que enfrenta este mundo ya mutilado. Estoy seguro de que todos ustedes, igual que yo, regresaron a sus refugios pasmados y mudos. Espero que la dura realidad descripta en este informe esté ahora suficientemente clara como para comenzar a discutir las soluciones.

El problema es simple: el mundo tiene demasiadas personas y pocos recursos.

Hemos agendado nuestro próximo encuentro para dentro de una semana a partir de mañana. Espero que todos los miembros vengan preparados para presentar una solución, sin importar cuán extraordinaria pudiera parecer. Seguramente conocen un viejo dicho del mundo de los negocios: "Hay que pensar con creatividad y salir de los esquemas establecidos". Creo que es eso lo que debemos hacer.

Espero sus ideas con ansiedad.

PARA: John Michael
DE: Katie McVoy
REF: Potencial

John:

Estuve estudiando el tema que discutimos anoche durante la cena. El Instituto Militar de Investigación de Enfermedades Infecciosas apenas logró sobrevivir a las llamaradas solares, pero confían en que el sistema de control subterráneo de armas biológicas, bacterias y virus más peligrosos no falló.

Me tomó un poco de trabajo pero logré conseguir la información que necesitamos. La estuve examinando y se me ocurrió una sugerencia: todas las soluciones potenciales son sumamente imprevisibles excepto una.

Se trata de un virus. Ataca el cerebro y anula su funcionamiento sin causar dolor. Actúa de manera rápida y contundente. Fue diseñado para que vaya disminuyendo lentamente el ritmo de la infección a medida que se va propagando de una persona a otra. Es justo lo que necesitamos, en especial si consideramos lo difícil que se ha vuelto viajar. Podría funcionar, John. Y por más horrible que parezca, creo que podría resultar muy eficaz.

Te enviaré los detalles. Espero tu opinión.

Katie

PARA: Katie McVoy
DE: John Michael
REF: RE: Posibilidad

Katie:

Necesito tu ayuda para preparar mi presentación completa para la propuesta de liberación del virus. Tenemos que concentrarnos en la razón por la cual una matanza controlada es la única forma de salvar vidas.

Dado que la supervivencia solo será posible para una selecta parte de la población, a menos que tomemos medidas extremas podríamos enfrentarnos incluso a la extinción de la raza humana.

Ambos sabemos cuán hipotética es esta solución. Pero hemos hecho las pruebas miles de veces y no veo que exista alternativa. Si no lo hacemos, el mundo se quedará sin recursos.

Creo firmemente que es la decisión más ética: el riesgo de la extinción de la raza humana justifica la eliminación de algunos. Ya tomé una decisión. Ahora es solo cuestión de convencer al resto del Consejo.

Reunámonos en mis dependencias a las 5 PM. Todo debe estar formulado con precisión, de modo que prepárate para una larga noche de trabajo.

Hasta entonces,

John

PARA: Randall Spilker
DE: Ladena Lichliter
REF:

Todavía me siento enferma por la reunión de hoy. No puedo creerlo. Me niego a aceptar que el CCP realmente nos haya presentado semejante propuesta sin pestañear. En serio. Me quedé perpleja.

¡Y después más de la mitad del recinto ESTUVO DE ACUERDO CON ELLOS! ¡Los apoyaron! ¿Qué diablos está sucediendo? Randall, dime ¿qué DIABLOS está sucediendo? ¿Cómo podemos siquiera considerar la idea de hacer algo semejante? ¿Cómo puede ser?

Pasé la tarde intentando encontrarle sentido a todo lo que se dijo. No puedo aceptarlo. Es imposible. ¿Cómo llegamos hasta aquí?

Ven a verme esta noche. Por favor.

COALICIÓN POST CATÁSTROFE
MEMORÁNDUM

Fecha 219.02.12, Hora 1932
PARA: Todos los miembros del Consejo
DE: Ministro John Michael
REF: Borrador de Decreto

Por favor díganme lo que piensan del siguiente borrador. La orden final saldrá mañana.

13º Decreto del Poder Ejecutivo de la Coalición Post Catástrofe, por recomendación del Comité de Control de la Población, para ser considerado altamente confidencial y de máxima prioridad, bajo pena de muerte.

Por la presente, nosotros los miembros de la Coalición concedemos al CCP el permiso expreso para la implementación completa de la Iniciativa Nº 1 de CP como se presenta y adjunta a continuación. Los miembros de la Coalición aceptamos total responsabilidad por esta acción y nos encargaremos de monitorear el desarrollo de la misma y ofrecer asistencia utilizando al máximo nuestros recursos. El virus será liberado en las posiciones recomendadas por el CCP y aprobadas por la Coalición. Las Fuerzas Armadas estarán apostadas para asegurar que el proceso se cumpla lo más ordenadamente posible.

DPE Nº 13, ICP Nº 1, queda ratificado. Comienzo inmediato.

PARA: John Michael
DE: Katie McVoy
REF: Potencial

John:

Hemos recibido el siguiente mensaje de radio de los soldados en la Zona Cero, Estados Unidos: un intercambio entre el Teniente Larsson y un Particular llamado Kibucho, que comenzó durante un vuelo en helicóptero. Tengo que advertirte que es un poco perturbador.

Comienzo de transmisión

Larsson: ¿Qué *palabrota* es eso allá abajo, eso que se ve a través de esa grieta en el techo? ¿Qué es todo ese movimiento?

Kibucho: Se supone que son *palabrota* muertos. Deben ser animales o algo así.

Larsson: De ninguna manera. Está muy oscuro. Necesitamos ir allí abajo y echar un vistazo.

Kibucho: Les avisaré.

Pausa de tres minutos en transmisión

Larsson: Abre la puerta.

Kibucho: ¿Estás seguro?

Larsson: ¡Abre la *palabrota* puerta, Particular!

Kibucho: Ingresando.

Pausa de dos minutos en transmisión

Kibucho: ¡Me arrancó la pierna! ¡Él me arrancó mi *palabrota* pierna!

Larsson: ¿Qué? ¿De qué *palabrota* estás hablando?

Kibucho: (Respuesta confusa.)

Larsson: ¡Particular! ¿Qué está pasando?

Kibucho: ¡La mitad de ellos están vivos! ¡Sácame de aquí!

Larsson: ¡Refuerzos, refuerzos, refuerzos! ¡Necesitamos refuerzos en el Sector Diecisiete de la Zona Cero, Estados Unidos, inmediatamente!

Kibucho: (Gritos confusos.)

Larsson: ¡Maldita *palabrota*! ¡Maldita *palabrota*! ¡Se lo están comiendo! ¡Mi Dios! ¡Se lo están comiendo!

Kibucho: (Gritos confusos que se interrumpen abruptamente.)

Larsson: ¡Me tienen arrinconado! ¡Oh *palabrota*, me tienen arrinconado!

Fin transmisión

Necesitamos reunir al Consejo.

Katie

PARA: Randall Spilker
DE: Ladena Lichliter
REF: Increíble

Sé que has estado enfermo, pero los informes están llegando ahora. ¿Has visto alguno de ellos? Estos ya no son rumores, Randall. Tienen al menos 27 encuentros confirmados con grupos infectados. ¡El virus no los mató! Ninguno de los médicos ni de los científicos logra dilucidar qué salió mal. Pero la mayoría de los que están viviendo en la Zona Cero están completamente locos, como animales. ¡Son monstruos!

Y esa ni siquiera es la peor parte. Lo que tiene aterrada a la Coalición es que las víctimas hasta tuvieron tiempo para escaparse de los campamentos lejanos. La Coalición creía que el período de incubación e inicio de las muertes sería mucho más rápido. Y hay informes de síntomas en ciudadanos fuera de las zonas calientes. En todas partes.

Randall, tenemos una enorme, enorme crisis en nuestras manos. Deberían habernos escuchado. ¡Deberían habernos escuchado!

Que Dios nos ayude.

LL

PARA: John Michael
DE: Katie McVoy
REF: Unas palabras finales

John:

No hay manera de que podamos detener esto. Tienes razón. Detesto admitirlo pero es verdad. Cada esfuerzo que hicimos para prevenir la diseminación fue sin sentido. El virus está saltando a los cuerpos, segundo a segundo. Solo podemos esperar que el rumor de la presencia de los Inmunes sea cierto. Pueden ser la única chance que tengamos para sobrevivir. Una cura. No se me ocurre otra solución posible. De alguna manera, tenemos que encontrar una cura. ¿Escuchaste cómo los medios han dado en llamarlo? La *Llamarada*. Estoy segura de que la gente recordará esta palabra.

Yo lo tengo. Sé que lo tengo. Me estoy yendo. No quiero infectar a nadie. Has sido un verdadero amigo en medio de toda esta locura.

Adiós, John.

Katie

COALICIÓN POST-CATÁSTROFE
MEMORÁNDUM

Fecha 220.05.01, Hora 1123
PARA: Todos los miembros del Consejo
DE: Ministro John Michael
REF: Otra solución

La zona letal. Esa es, ahora, la palabra de ellos para el cerebro. Lo que la Llamarada hace es dañar y matarte lentamente con locura. Y ya tienen también un sobrenombre para los Inmunes. Los *Munis*. ¡Qué ridiculez absoluta!

Pero la jerga no importa. Lo que importa es cómo todo se conecta. La zona letal. La Llamarada. Los Inmunes. Un mundo que está en catástrofe absoluta. Necesitamos encontrar una cura. No hay otra manera de salir adelante.

Nos encontraremos mañana, a las 0800.

Tengo una idea.

CRUEL MEMORÁNDUM

Fecha 221.6.13, Hora 1235
PARA: Socios
DE: Kevin Anderson, Ministro
REF: Potenciales aparatos para las Variables

Creo que finalmente encontré una solución para nuestro problema, el "terror" perfecto para deambular por los pasillos de los Laberintos una vez que estén construidos.

En mi búsqueda, desenterré la siguiente Orden Militar de un complejo de investigación ubicado al este de Siberia. Por lo que entendemos, la investigación de este proyecto ha sido completada y más de cincuenta prototipos han sido construidos. Creemos firmemente que este complejo no resultó dañado durante las llamaradas solares y que estos prototipos permanecen almacenados allí.

La orden va adjunta, abajo:

* * * * * * * * * * * * * * * *

Pedido de investigación #3241ABX

Envío ultra secreto

Necesidad: Una máquina mecánica para matar, que operará a su máxima capacidad en espacios cerrados como bunkers, túneles, tuberías, etc. Las máquinas deben tener la mayor flexibilidad y fuerza muscular fluida.

Dentro del cuerpo del recipiente mecánico debe haber una variedad de armas que puedan tanto extenderse como retraerse, basadas en la inteligencia artificial implantada dentro del equivalente de un cerebro. Esta máquina debe luchar con los instintos de una bestia viva y al mismo tiempo tener el poder de nuestras más avanzadas armas de combate cuerpo a cuerpo. Además, es necesario un dispositivo de envío para introducir enemigos potenciales con armas biológicas cuando fuere necesario.

* * * * * * * * * * * * * * * *

Tiempo estipulado: Planos a gran escala, dentro de los 12 meses; prototipos, dentro de los 24; terminados para combate en vivo, dentro de los 36.

También he adjuntado imágenes. Creo que la orden habla por sí misma. Estas criaturas serían suficientes para generar terror en nuestros sujetos y darnos las oportunidades que necesitamos para mapear los patrones de la zona letal. Además, la idea de un Suero, que presentamos hace poco, y su asociación con un doloroso proceso de recuperación de la memoria, podría encajar perfectamente con el último requisito listado en la orden. Quizá podríamos llamar a estas criaturas Penitentes.

También se habla de otra máquina orgánica que es más humana en su forma, y es utilizada para el entrenamiento en artes marciales. Me pondré al día con el tema.

Díganme qué piensan de todo esto.

PARTE III

MEMORIAS SUPRIMIDAS

EL PRIMER RECUERDO DE THOMAS DE LA LLAMARADA

Habían pasado cinco días desde que habían encerrado a Thomas en el cuarto blanco. En ese quinto día, después de esforzarse lo máximo posible para realizar la rutina que había establecido –ejercicios, comer, pensar, repetir– decidió acostarse y dormir. Dejó que su mundo nuevo y terrible se desdibujara por un rato. Exhausto, se desvaneció enseguida y las imágenes comenzaron a surgir en su mente.

Thomas es joven, no sabe su edad con exactitud. Está acurrucado en una esquina, las rodillas contra el pecho, temblando de miedo. Su papá –el hombre que lo carga, le lee, lo besa en la mejilla, lo abraza, lo baña– está enfurecido, gritando cosas espantosas y volteando los muebles. Su mamá trata de detenerlo, pero él la empuja, aparentemente sin siquiera darse cuenta de quién es ella.

Se tropieza, trata de recobrar el equilibrio, después se golpea contra la pared, a unos pasos de Thomas. Lloriqueando, se arrastra hasta él y lo toma entre sus brazos.

–No te preocupes, cariño –susurra ella–. Ya están viniendo a llevárselo. Estarán aquí pronto.

–¿Quienes? –pregunta Thomas. Su voz suena tan joven… Las palabras de su madre le rompen el corazón.

–La gente que va a cuidarlo. Recuerda, tu papá está enfermo, muy enfermo. No es realmente él quien está haciendo todo esto. Es su enfermedad.

De repente, su papá se da vuelta para enfrentarlo, su cara ardiente de enojo.

–¿Enfermedad? ¿Acabo de escucharte decir enfermedad? Cada palabra sale de su boca como un dardo envenenado.

Su mamá sacude la cabeza y lo abraza con fuerza contra su cuerpo.

–¿Por qué no lo dices de una vez, mujer? –continúa su papá, dando un paso hacia ellos. Su pecho se agita con cada intento de respirar, y sus manos están tensas en sus puños apretados–. La Llamarada. Dile al chico cómo es. Dile la verdad. Tu papá tiene la Llamarada, Thomas. Lo estoy pasando muy bien.

Otro paso más cerca.

–Tu mamá también la tiene. Oh, sí. Pronto estará masticando sus dedos y dándote mugre para el desayuno. Riendo histéricamente mientras rompe las ventanas e intenta cortarte. Estará loca como una cabra, chico, igual que tu papi.

Otro paso más cerca.

Thomas cierra los ojos con fuerza, deseando que se vaya. La parte de él que está soñando tampoco quiere ver nada más. Quiere que termine.

–Mírame, chico –dice su papá con un gruñido–. Mírame cuando te hablo.

Thomas no lo puede evitar. Siempre hace lo que le piden. Su papá parece ahora calmado en todos los sentidos, excepto en uno: sus puños. Dedos y nudillos blancos.

–Eso está mejor –dice–. Buen chico. Mira a tu papi. ¿Te parezco loco? ¿Eh? ¿Parezco loco?

Esta última pregunta la formula a los gritos.

–No, señor –dice Thomas, sorprendido de que pueda decirlo sin temblar.

–Bueno, entonces estás errado. –La cara de su papá se hincha de enojo otra vez–. Estoy loco, chico. Soy un hombre loco.

Podría comerme a ustedes dos para la cena y disfrutar de cada bocado.

–¡Termina ya con eso! –grita su mamá. Su voz es tan fuerte que perfora dolorosamente los oídos de Thomas–. ¡Detente ahora mismo! ¡Te juro por Dios que te arrancaré el corazón si tocas a mi hijo!

Su papá ríe. Ni siquiera es una carcajada. Su cuerpo entero tiembla y echa la cabeza hacia atrás mientras una estruendosa risa sale de él, llenando la casa con su sonido. Thomas nunca antes había escuchado algo que sonara tan mal. Pero el hombre sigue, riendo y riendo y riendo.

–¡Termina ya! –grita su mamá de nuevo. Lo repite una y otra vez hasta que finalmente Thomas no puede soportarlo más y se cubre las orejas.

Luego suena el timbre, apenas lo suficientemente fuerte para ser oído. Pero ambos padres guardan silencio. Su papá mira en dirección a la puerta de entrada. De pronto su cara muestra temor.

–Están acá para llevarte –dice su mamá con un sollozo–. Mi dulce, amor de mi vida, están acá para llevarte.

Thomas se despertó.

SARTÉN, OPERATIVO DE EXTRACCIÓN DE NEUTRALIZADOR

Sartén levantó la vista hacia su enfermera, y aunque el nerviosismo invadía sus entrañas, sabía que estaba haciendo lo correcto y se obligó a sí mismo a relajarse. Estaba a punto de recuperar sus recuerdos. ¡Sus recuerdos! No podía esperar para ver su pasado.

La mujer limpió un costado de su cuello, luego insertó la aguja en una vena antes de que él pudiera pronunciar una palabra. Hubo un pinchazo agudo. Después el calor fluyó a través de su cuerpo.

–Ya está –dijo la enfermera–. Descansa un par de minutos. Te sacaremos la máscara apenas te duermas.

–¿Cómo funciona? –susurró Sartén. No lo podía evitar, quería respuestas–. ¿Qué es el Neutralizador?

–Ahora solo relájate –fue todo lo que escuchó.

Sartén cerró los ojos y decidió callarse. Las respuestas llegarían pronto. Respiró profundamente, esmerándose por seguir las instrucciones para calmar sus nervios. El calor que venía sintiendo se extendió, mientras el cansancio fluía, llevándolo al sueño.

–¿Estás listo?

Los ojos de Sartén se abrieron de golpe para ver a su enfermera mirándolo desde arriba a través de lo que parecía ser una neblina blanca. Intentó hablar, pero solo salieron de su boca unos balbuceos incomprensibles.

–Te ves listo –dijo ella–. Solo quería que supieras que estoy por bajar la máscara. No necesitas hacer nada, cierra los ojos nuevamente. Cuando te despiertes, recordarás todo.

Refunfuñó y cerró sus ojos. No se había sentido tan cansado en mucho tiempo.

Algo rechinó, seguido de un sonido áspero y luego unos pocos fuertes tintineos. Sentía las almohadillas de la máscara en su piel. Algo silbó, recordándole a los Penitentes, lo cual le hizo sentir una breve sensación de pánico, antes de ser reemplazada por su cansancio.

Justo antes de que perdiera la conciencia, podría haber jurado que sentía lombrices frías tratando de meterse dentro de sus orejas.

***

Sartén nadó en una piscina de oscuridad.

En algún lugar del exterior, en la periferia, era consciente del dolor. Le pellizcaba los nervios, golpeaba a través de su cabeza y cerebro. Pero la pesadez, la confusión de las drogas lo paralizaba, lo convertía en algo que no le importaba.

Mientras flotaba en la ausencia de luz, recordó cómo otros larchos en el Laberinto habían descripto la Transformación: un viaje horrible hacia un tornado blanco y turbulento de su imaginación. Y eso era cuando recordaban solo unos pocos flashes de su memoria. Hablaban del dolor extremo, y se preguntó si él estaba por atravesar algo similar. No le gustaba demasiado la idea. Una importante quemadura de una hornilla fue lo peor que había sufrido antes.

Las cosas ocurrieron distinto a como se las había imaginado.

Flotó en un vacío imposible, sin gravedad ni sentido de dirección o espacio. Finalmente un suelo que no había distinguido se solidificó debajo de él y sus pies tocaron una superficie dura. Se calmó y miró alrededor, deseando que una luz disipara la oscuridad que lo empujaba, asustándolo.

Algo chirrió cerca y se volvió hacia el sonido. Vio una puerta abierta, una suave luz saliendo para mostrar un camino de piedra entre él y la entrada a quién sabe dónde. Sabía que todo esto debía ser producto de su imaginación, que él no estaba en realidad en este lugar, viendo lo que estaba viendo. Debía ser simbólico, algo surgido en su mente para poder procesar lo que fuera que los médicos le estaban haciendo a su cerebro con esa máscara mecánica.

Alcanzó la puerta con solo cuatro pasos. Dudó frente a ella; luego la abrió más y entró a un mar de negrura. Mientras sus ojos se ajustaban, se dio cuenta de que estaba en un largo vestíbulo que, por lo que podía ver, se prolongaba a la distancia. Las paredes, el piso y el techo ya no eran negros, sino blancos. Continuaban hasta que convergían en un solo punto.

Una serie de pantallas estaban ubicadas en la pared derecha, una a cada metro de distancia; aparentemente continuaban tan lejos como el mismo vestíbulo. De pronto, la pantalla más cercana a él vibró con estática. Luego una imagen con movimiento se formó dentro de su cuadrante, perfectamente clara y definida. Sartén se acercó para poder ver mejor.

Un hombre, parado frente a una mesa de cocina, con su brazo moviéndose furiosamente, mientras revuelve algo en un bol. Sartén está sentado en el suelo, mirando a este hombre. Su… papá. El hombre se da vuelta para mirarlo, con una enorme sonrisa en su rostro.

–Estos van a ser los mejores waffles jamás comidos por los humanos. ¡Casi listos!

Sartén ríe.

La pantalla se funde a negro. Sartén se da cuenta de que este es su primer recuerdo, lo más lejos que su mente puede retroceder; él tendría unos tres años quizás. Está recordando a su papá, su amable rostro lleno de amor, mientras sonreía y hablaba.

Sartén sabe qué hacer ahora. Se recuerda a sí mismo que todo es algo imaginado, que es así como su cerebro ha elegido devolverle su vida. Camina hacia la próxima pantalla.

Está sentado en una pequeña piscina, chapoteando y dando grititos, llorando cuando demasiada agua se le mete en los ojos. Unas manos cálidas lo toman –manos de mujer– y le limpian la cara. Luego él comienza de nuevo con el mismo juego. Le arrojan un balón y él lo patea. El cuerpo de su mamá sigue apareciendo y desapareciendo en el fondo, mientras va y viene. Se acaba de enterar de muy malas noticias sobre la enfermedad que se está diseminando por todo el mundo.

No sabe cómo todo esto está tan claro solo por mirar unas pocas imágenes. Pero lo está. Se mueve hacia la próxima pantalla.

Un poco más crecido, está ayudando a su papá en la cocina. Están preparando un estofado, moliendo los vegetales y la carne. Su papá está llorando. Sartén sabe que su mamá ha sido llevada para que le hagan más pruebas, y han dicho que el próximo será su papá.

Siguiente pantalla.

Un hombre con un traje oscuro, de pie al lado de un auto. Papeles en su mano, mirada grave en su rostro. Sartén está agarrado de las manos de su padre, en el porche. CRUEL se ha formado, un esfuerzo conjunto de los gobiernos del mundo, aquellos que sobrevivieron a las llamaradas solares, un acontecimiento que ocurrió mucho antes de que Sartén naciera. El propósito de CRUEL es estudiar lo que ahora se conoce como la zona letal, donde la Llamarada hace su daño. El cerebro.

Sartén es inmune. Otros son inmunes. Menos del uno por ciento de la población, la mayoría menores de veinte años. Muchos han desarrollado odio hacia aquellos que son inmunes, los llaman *Munis* y hacen cosas terribles debido a los celos. CRUEL asegura que puede proteger a Sartén mientras trabaja para lograr una cura.

Su papá le dice muchas cosas. Más que nada, que lo ama y que está muy feliz porque su hijo nunca tendrá que pasar por las cosas horribles que están ocurriendo en todo el mundo. Locura y asesinato.

Sartén no tiene ningún motivo para procesar o pensar demasiado profundamente sobre los recuerdos que volvieron. No son nuevas revelaciones, cosas a las que debería responder de alguna manera. Siempre han estado allí, en su interior. Él ya ha reaccionado hacia ellos. Él ha sido moldeado por ellos. No está aprendiendo. No está experimentando. Está recordando.

Camina hacia la próxima pantalla, hambriento por ser él mismo nuevamente.

Minho, Prueba Fase 3

Tres días habían pasado desde que llegaron en los Bergs desde el Desierto y Minho estaba casi a punto de enloquecer. Había sido mantenido en un pequeño dormitorio, con mucha comida y absolutamente nada para hacer. Contar las filas en el empapelado e imaginar caras en los arremolinados moldes del techo se había vuelto viejo. Y no había escuchado nada sobre Thomas o sus otros amigos.

En la mañana del cuarto día, la Rata apareció en su puerta con dos guardias armados.

–Sígueme –dijo.

–¿Sin abrazos ni besos? –preguntó Minho–. Extrañé tu horrible cara.

–Sígueme o se te disparará.

Ni siquiera una grieta en su expresión de piedra dura.

Minho suspiró e hizo lo que le decían. No estaba de humor para recibir un disparo ese día. Y si era honesto consigo mismo, cualquier cosa sería mejor que estar sentado en ese cuarto un segundo más.

Minho siguió a la Rata por un largo vestíbulo y luego hacia una pequeña habitación que llevaba a varias puertas marcadas.

–Estás en el cuarto número ocho –anunció la Rata. Señaló hacia la puerta marcada #8. Se detuvieron en silencio, hasta que Minho preguntó:

–¿Oh, en serio? ¿Y qué se supone que debo hacer allí dentro?

–Una simple Prueba –contestó la Rata–. Nada como las Pruebas anteriores, te lo aseguro. La tuya es probablemente la más fácil de todas las Pruebas que hemos creado y tal vez la más corta. Se te hará una pregunta y solo una pregunta, y la respuesta consistirá en exactamente una palabra. ¿Suena lo suficientemente simple?

Sonaba demasiado simple.

—¿Realmente crees que alguna vez podré confiar en ti, cara de miertero?

—¿Perdón? —preguntó la Rata.

Minho movió la cabeza.

—Juro por Dios que si haces una sola cosa más a mis amigos, no abandonaré la pelea hasta morir.

Una sonrisa de superioridad apareció en la cara del hombre, enfureciendo aún más a Minho.

—Te doy mi palabra de que solo tu respuesta determinará lo que pasará. Todo, desde este punto en adelante, es voluntario. Las Pruebas están terminadas.

Minho sentía tanta furia que casi temblaba. Sabía que no tenía otra opción salvo hacer lo que le decían, y eso lo volvía loco.

—¿Estás listo? —preguntó la Rata.

Minho refunfuñó. Caminó hacia la puerta marcada con un ocho y la abrió. Se sorprendió. No había ningún aparataje sofisticado, ninguna máquina compleja. Era solo un pequeño recinto con una sola silla de madera en el medio de un suelo con baldosas color café. Una pizarra blanca colgaba en la pared opuesta, y al lado de ella había un hombre alto, musculoso, vestido con uniforme de cirujano color verde y arriba, un delantal blanco de laboratorio. Tenía pelo negro perfectamente peinado y el peor bigote que Minho había visto jamás.

—Bienvenido —dijo el hombre—. Mi nombre es Lincoln. Por favor, toma asiento, mirándome a mí.

La curiosidad lo ganó. Minho se sentó en la silla, sin saber qué hacer con las manos, hasta que finalmente las cruzó sobre su regazo.

–Ahora por favor observa –dijo Lincoln con una voz fría y cínica.

El hombre giró y empezó a escribir con su dedo en la esquina superior izquierda de la pizarra, con su tacto, creando una línea roja brillante a medida que se movía.

La primera palabra que Lincoln escribió fue Thomas. Luego se movió hacia abajo unos pocos centímetros y escribió Newt. Luego de nuevo hacia abajo y agregó Sartén, y Aris debajo de eso. El hombre rotó hacia la derecha y escribió Harriet en la esquina superior derecha. Se movió para abajo y escribió Sonia. Luego Teresa. Y para sorpresa de Minho, Brenda.

Cuando Lincoln terminó, ocho nombres estaban escritos en rojo en la pizarra, separados con la misma distancia uno del otro. Se volvió para mirar a Minho una vez más.

–¿Confirmas que sabes de la existencia de estos ocho individuos? –preguntó Lincoln.

Minho puso los ojos en blanco.

–Sí, genio, los conozco. La Rata me dijo que me harías una sola pregunta. ¿Es esta?

–El verdadero ejercicio de la Experiencia no ha comenzado. Esto es lo que llamaremos trabajo de preparación. Por favor, contesta las preguntas preliminares y luego comenzaremos la Prueba. Tú…

–¡Sí! –gritó Minho–. Los conozco. ¿Ahora, qué?

Lincoln no mostró ninguna señal de haber sido tomado con la guardia baja. Respondió con calma:

–Gracias por confirmarlo.

Sus ojos parpadearon hacia una de las esquinas, arriba, en el techo. Minho giró para ver qué estaba mirando. Un escarabajo estaba colgado de la pared. Su luz roja hacía imposible no verlo. Minho podía ver el garabato familiar de CRUEL pintado en su cuerpo. Los recuerdos del Laberinto lo inundaron, y luego miró hacia el rostro de Lincoln otra vez.

Por supuesto que estarían observando todo esto, se dijo a sí mismo. ¿Pero realmente debían usar escarabajos? No los había visto desde que había salido del Laberinto.

–Ok, estamos listos para empezar –Lincoln dijo fuerte. El hombre volvió a prestar atención total a Minho–. Como te dijeron, te voy a hacer una sola pregunta. Tu respuesta debería limitarse a una palabra. Te haré la pregunta en diez segundos, si estás listo.

Minho soltó una pequeña risa para mostrar cuán absurda era la situación, luego asintió. Estaba listo.

Cuando el tiempo anunciado pasó, Lincoln habló con una voz grave que mostraba, con mucha claridad, que decía cada palabra seriamente.

–Nuestros médicos determinaron que necesitamos diseccionar los cerebros de estos sujetos para un estudio más a fondo. Pero te vamos a permitir salvar a uno de ellos. ¿A qué persona eliges salvar? Esa es tu pregunta.

* * *

Pasaron cinco minutos. Minho permanecía sentado en silencio. No podía ser cierto. ¿Realmente CRUEL iba a cortar los cerebros de sus amigos?

–Minho –dijo Lincoln–. Necesito que respondas la pregunta, pero puedes tomarte un poco más de tiempo si lo precisas. Sé que debe ser difícil.

–No voy a responder tu estúpida pregunta –Minho se sorprendió al sentir cuánto veneno contenía cada palabra.

–Esto no es un juego. Las personas en esta lista han sido utilizadas lo máximo posible, y el único valor que resta es estudiarlos físicamente. Tus amigos tendrán el honor de donar sus vidas para la causa más noble jamás conocida por la humanidad.

Minho no dijo nada. Permanecía hirviendo en su silla.

Lincoln insistió:

–Agradece que los psicólogos determinaron que esta Prueba sería beneficiosa. Por lo menos, puedes salvar a una de las personas que te importan.

Minho cortó el contacto visual y miró sus manos. Se dio cuenta de que había estado agarrando los costados de su silla con fuerza. Veía puntos que nadaban frente a sus ojos. La sangre golpeaba en su cabeza, casi como si pudiera escucharla yendo por sus venas y hacia su corazón. De todas las veces que había sentido enojo desde su entrada al Laberinto, nunca había experimentado algo así. Nunca.

–¿Cuánto tiempo precisarías?

–¡No necesito ningún tiempo! –gritó Minho antes de que el hombre pudiera terminar–. ¡Me niego a responder! Si llegas a tocar a alguno de ellos, juro que…

–Me temo que no tienes ninguna opinión en el tema –la voz de Lincoln era firme, y parecía impávido–. Son tiempos desesperados, y es preciso completar el Patrón. Necesitamos esos cerebros para estudiarlos.

–No te permitiré hacerlo –dijo Minho, de pronto, calmo–. Si alguno de ellos es herido, se terminó. Aprovecha la oportunidad conmigo, haz la cantidad de Pruebas que precises hacer, pero deja a ellos fuera de esto.

–Esa, simplemente no es una opción, Minho. Lo siento. Necesitamos que hagas esta elección. Y estamos dispuestos a tomar cualquier acción necesaria para... alentarte a seguir colaborando.

–¿Qué se supone que quiere decir eso?

Las líneas del mentón de Lincoln se endurecieron.

–Significa lo que significa. Ahora, ¿cuál de estos nombres eliges?

–Elijo todos.

–Puedes elegir uno solo.

–Todos ellos.

–Uno y solo uno.

–Todos.

Lincoln dio un paso adelante.

–Te lo preguntaré una última vez antes de tomar más medidas. ¿A cuál de tus amigos quieres salvar?

–A cada uno de ellos.

Lincoln fue rápidamente hacia adelante y tomó a Minho por la camisa, forzándolo a ponerse de pie.

–¡Elegirás, ahora!

Minho estaba aterrorizado, pero no lo sabía.

–¡Todos!

Lincoln cerró su mano derecha, y con el puño golpeó a Minho en la cara. El dolor explotó sobre su cabeza mientras caía al piso. Las luces parecieron destellar a lo largo de los azulejos a pocos centímetros de sus ojos.

Entonces Lincoln lo sujetó y volvió a ponerlo de pie, lo dio vuelta para estar cara a cara otra vez. Su fuerza era tremenda; Minho no tenía chance.

–¿Qué nombre eliges? –le preguntó.

Minho sentía la cara rota. Tragó sangre, pero se negó a darse por vencido.

–¡No elegiré!

Lanzó un escupitajo de porquería roja a la cara de Lincoln.

El hombre ni se inmutó; le dio otro puñetazo, pero esta vez lo sostuvo para que no se cayera.

Otra explosión de dolor, más luces.

–Minho –dijo Lincoln con una calma insultante–. ¿Cuál de los nombres eliges?

–No lo haré –se forzó a decir.

Lincoln le dio un puñetazo en la otra mejilla. Otra vez. Luego otra.

La cabeza de Minho parecía estar llena de agujas y de una sustancia blanda.

–¡Decídete! –Lincoln hablaba entre respiraciones más pesadas ahora–. ¿Cuál de los nombres eliges?

Minho no lo entendía, no podía comprender cómo todo esto podía ser necesario. La confusión solo lo tornaba más furioso y testarudo.

–Todos ellos –dijo, avergonzado de cómo sonó, casi un lloriqueo.

–Podemos hacer esto todo el día –dijo Lincoln–. No nos vamos y no me detendré hasta que me des una respuesta. Todo lo que tienes que hacer es decir un nombre. ¡Solo dilo! Ahora, ¡¿cuál?! ¡Dilo!

–¡Todos ellos, maldito miertero, montaña de plopus!

Minho sonrió.

Lincoln mostró un mínimo indicɩ. de sorpresa en su cara, pero se recuperó casi tan rápido como había esbozado la mueca. Retrocedió; estiró su ropa.

–La Prueba terminó –dijo–. Estás en libertad, puedes retirarte.

Estupefacto y maltrecho, Minho permaneció en silencio mientras los guardias ingresaron al lugar y lo escoltaron de regreso a su dormitorio.